一味妙语　半亩方塘

一味·方塘

一水 图　朝霞 文

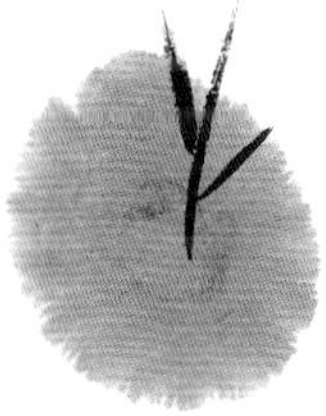

作家出版社

生命的池塘

不一定丰盛

却一定

澄明

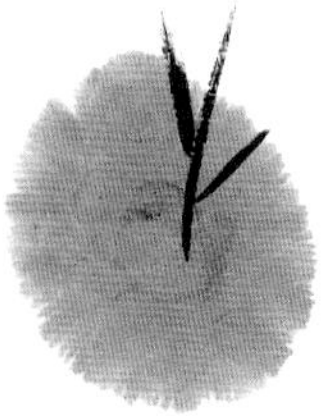

一味之妙（自序）

半亩方塘一鉴开，

天光云影共徘徊。

问渠哪得清如许？

为有源头活水来。

光阴似水，方塘如镜。

方塘虽小，可以仰观天光云影的自由流动，俯察花容叶貌的斑斓生机，享受自然的清澈声色，足以使久居拥挤城市沉重的心灵跃跃流动起来轻盈起来，又渐渐静谧下来，在流动和静谧的一角中禅悟出心灵的回声。

每一个人的心灵里都有一个澄明的方塘。每一个方塘都一泓活水——那就是自然倾吐给我们的一句句妙语。

让我们去聆听吧：去聆听幼叶滋滋初之生长的体验，去聆听柳丝对爱情的呢喃，去聆听落花追逐流水的一番心思，去聆听明月惊照积雪的纯洁誓言。

那是故园对游子的召唤，那是记忆对天真的渴望。

Nature's witticism

As a square of pond like a mirror spreading,

Reflection of sky and clouds in the water is swaying.

Where such clean water is coming?

From the headstream the running water is flowing.

As time is like water, so pond like mirror.

It is a small pond, nevertheless, from which can look up to see the clouds flying freely in the sky, look down to watch growing sentiment and interest of water plants and swimming fishes, and appreciate as much the pure manner of Nature so that make the heavy soul caused by longtime residence in crowded city more of flowing as well as relaxing, and then become calm gradually soon after. On the cape of flowing and calm, the flower of inwardness is in full bloom.

In the soul of every man exists a square of pure pond in which streams a source of flowing water that is outpouring words of witticism Nature.

Let's begin to listen: listening to the experience of tender leaf growing, the mutter of willow saying to love, the glorious mood of shatter chasing water, and the honest oath when the bright moon is irradiating snow.

As homeland summons the man traveling far away from home, so memories is desirous of puerility.

仰慕

虽然高不可攀

仍然

一往情深

把灵彩留给月光

和漆黑的夜晚一起沉沉睡去

情虽相同

梦不相逢

相逢

相逢

旧事重重

在清风飘过的河流上

岁月没有沉淀我光彩的颜色

如果爱你

只剩下结束和思念的选择

我一定会为你

守候这段沉默的距离

不管你是在

另一个地方

另一个城市

甚至另一个世界里

我都会内心满足地

守候

守候着上帝给我另一种

爱你的形式

就像给我一个当初

生动的开始

鲜艳的

露着轻盈的身体

深暗的

却

藏着结实的心

一个仙子

姿容滟滟

濯日而生

清湖之畔

一个仙子

柔情眷眷

踏舟而歌

清湖之畔

一个仙子

明眸盼盼

微露芳泽

执裙而转

一个仙子

心思淡淡

抱幽而眠

清湖之畔

水里的鱼

倦了

跳出窗外

张开湿漉漉的眼

午后的骤雨飘过了荷塘
一半儿露珠一半儿清凉
谁还记得采莲的姑娘
深红的笑脸
和浅白的衣裳
深红浅白花一样啊
情短藕丝长

夏末的夕阳落在了荷塘
一半儿沉睡一半儿荡漾
谁还记得采莲的姑娘
深红的笑脸
和浅白的衣裳
深红浅白花一样啊
人去水茫茫

不是人圆是月圆
谁醉了清风为花眠
谁醉了丹青不收画卷
小小情怀
共留连

日子

一直没有缝隙地流逝

因为

我还在朝圣的路上迟迟前行

佛啊

尘土的最后

我能否成为你

头顶上的一条光

还是

你脚下的一朵莲

静美的花

生长着自己饱满的果实

无暇哀叹落红的飘零

青春的山脉

冰峰绵绵

哪一座为我倾倒

我又在哪一座脚下留下痕迹

初遇像朝雾一般

潮湿了我们的身体和眼

寂寞

是一个执著的等待

等待

心动的出现

多少爱走到了水穷处

多少恨看到了云起时

那一次又一次

不停的放弃

究竟是

我们陈旧的身体

还是鲜艳的心

在摆满盛宴的世纪

爱情卑微地躲进了

单薄的风景和文字里

千年的后面才有奇缘
天地的外面才有生生相爱
我只有一段冗长的程序
排列在城市拥挤的界面

如果给我一次泪染的蝶变
可以了结天长地久的惊艳
我还是假设一个亲爱的目标
飞舞到只有春天的墙院

可惜我们再也不能回来
也不能把答案做个久远的记载
我已经留下了告别的礼物
舍弃一切注视和表演

行走的树叶

匆匆迁徙着

生命的季节

如果生活太重

我就蜕去翅膀

像秋叶那样

安静地行走

朝另一个方向

纯洁

是注定的遇见

然后开始

彼此崭新的成长

清晨白雾花窗

屋檐绿树浓妆

明月深影画墙

小风低唱

深情人在梦乡

旧梦的翅膀雕花丛丛

我看见了你在从前故事里的

斑斓飞舞

梦想是一枚星辰

不知在何处陨落

年轻的时候

故园

总是落在匆匆的脚步间

渐近渐远

多少的月圆以后

我们终于开始怀念

怀念那个熟悉的屋檐

和屋檐下从未消失的温暖

沧桑

是块暗色的帷幕

遮盖住了

花团锦簇

虽然我来得太晚

看不见你开花的样子

却看见你的眼神

藏着从前的温暖

温暖

掉进了娇小的胸怀

我就笑逐颜开

我就努力表现

在你的面前

一遍又一遍

重复你制作的

这个图案

庭院的花

自有一番香气

争艳

山谷的花

自有一番天地

灿烂

生命的女郎啊

不管你用哪般姿态

表现

我都深情地

赞叹

爱情

往返在青春的岸上

明艳如花

一段奇缘

浸泡在墨池中

化为清香的蝶

风月无边

一些梦

永远没有花期

而一些梦

永远没有果实

抵御风雨的

不是强壮的躯体

是躯体下面

坚定深植的根

我已贮满深情

向天地间

献上

最华美的告别

每一个人

都有

一片丛林

你的路

是否也因为

细小曲折

而异常

寂寞干净

斑斓的故事

总是在

了无痕迹的记忆里

一现

再现

他一直就在那里

独自地舞蹈

舞蹈着一只绝版的曲调

曲调里反复吟唱着

一个少年的热爱

少年的热爱啊

凋谢了他碧绿的容貌

碧绿的容貌啊

丢失了不在

丢失了不在

春风循着他来时的小道

千百遍地把他寻找

寻找

他却一直就在那里

浅浅地微笑

世界装满了漂泊者的惊慌

怎还能

依旧明亮

高贵

是朴素的智慧

一尘不染

我在逆光中隐去悲伤

也隐去了

一直靠近你的倔强

短暂

是流云飘过蓝天时

留下的

深情注视

当繁星还垂悬在天镜之中

思念就不会黯然滑落

结束的时候

我会去哪里

和谁在一起

最美

把名字

写在水上

水上

姿容芬芳

流水

冰冷了

娇羞的容颜

却

冰冷不了

倾情的心

没有寂寞的等待

哪能看见

心动的徘徊

有一天

我也会老去

时光越来越淡

我也会走得越来越慢

也会在月色下絮叨陈旧的往事

也会在记忆里翻找青春的冲动

我知道我还想在夕阳中

唱首悠扬的歌曲

和年轻时候

那个与我一起

填词和谱曲的人

怀旧的时光

漂着初春的胭脂红

穿越在

黄昏沉沉的寂寞中

一生

风平浪静

不是因为太幸运

而是一直行驶在

浅小的湖面

理想

是一曲

绝版的单人舞

伸展在

最幽深的胸怀

深秋的夕阳

不经意

落入了湖心

便醉出

一抹柔波

钟情

是一生的佳人

一直蜗居在

自己的天地中

我是

来得太早

还是

走得太迟

独自

看见了你

春心荡漾

当我决定

投入你怀里

我就开始等候

这个容颜的出现

千年后

你去了哪里

清风吹走了空月

吹走了你

一番的情趣

你是否正

勤旋于拥挤的屋檐

还是正

闲步于华丽的庭院

是否已

把我忘记

忘记我还在这里

这里

秋水点开了花絮

请守着我入睡

不要让风雪飘进我的梦里

把我最后的柔情

褪尽

满月正在悄悄地残缺

雪地正在悄悄地黯淡

你正在悄悄地离开

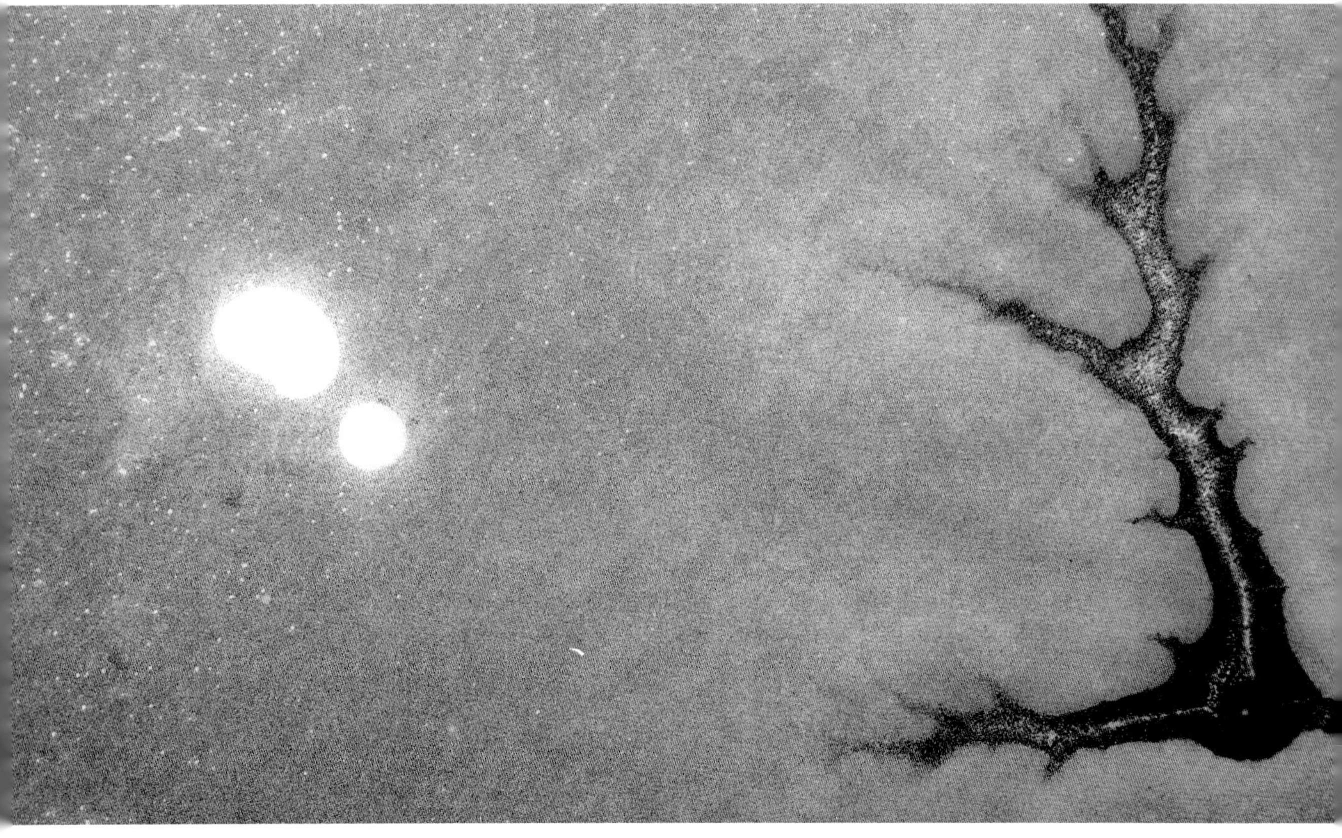

冰雪中的花开

才能沁香岩骨

清贫中的誓言

才能暖尽岁寒

我想前进一步

为你站在那里

独特的样子

你却不语

我想后退一步

为我站在这里

独特的样子

你却不语

于是

我学会了幻想

我们为自己垒起了

一个又一个的城堡

坚实而温暖

再也看不见

城堡外的飞花满天

风雨来临

请在我绽放之前

跋

与一水认识有二十多年了。

一水的世界里，一直有一灯盏亮着，静静地执著的亮着。

或许最初，他并不知道这灯盏带给他并传递给我们的会是怎样的一种美好。

就在这个夏日的午后，我与平常一样到一水工作室。他把秉执灯盏一路追随光影的记录给我看。

于是，接下来的日子，我就一直被这片光影之美牵引着、蛊惑着！这片光影——

让人熨贴，像是跋涉途间的雅舍栖息；

让人心动，像是人海寻觅的故旧欣逢；

让人流连，像是静夜啜饮的醉意微醺；

让人夺魄，像是那场年轻时漫漫长路的爱情，人到中年才顿悟你的魂丢在了追随它的路上！

是的，一水人生漫步，四海游走，年少时的水乡江南，学子时的校园书香，记者生涯的千帆纵揽……一路走来，他不曾迷失，因为这盏灯静静的亮着。

我们都是生命路上的行者——

光影中有我们阔别已久的天真，有我们搁置岁月的期待，有我们封存蒙尘的梦想，也有我们不离不弃的回忆！

让我们借着灯盏的光亮，在光影中融进自然，走进回忆，拜访单纯，持续梦想，重温美丽！

——俚俚

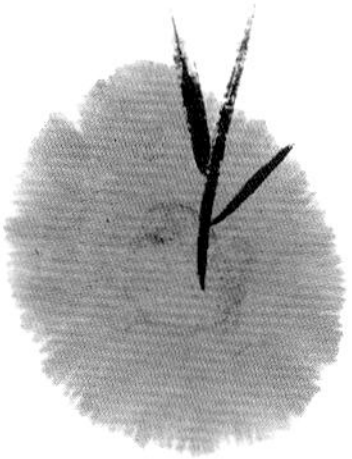

将动的世界凝结在静的方塘之中，于是方塘便成了所有美的集结地。在这里，我们获得的享受将超越于整个世界……

——著名作家　何建明

何建明

一叶见秋，细处传神。

——故宫博物院院长　郑欣淼

郑欣淼

画面讲究，构图新奇，以独特的摄影语言，表达了内心世界与自然的共鸣。

—— 中国作家协会副主席　高洪波

一味之妙，尽在半亩方塘。

—— 北京电影学院院长　张会军

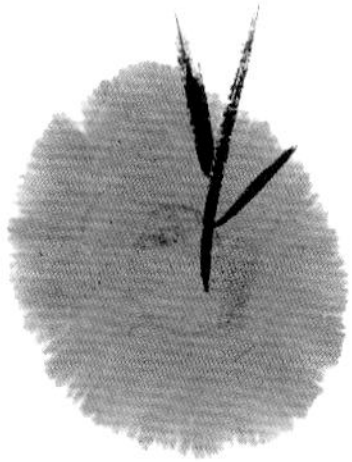

一味乐天真，妙图胜千言！

—— 香港摄影艺术家　简庆福

真是一沙一世界，一花一天国，一水一心灵。

美得希望时光凝固，所以有些无计留春驻的感伤。

—— 台湾知名作家、画家　刘墉

图书在版编目（CIP）数据

一味·方塘/一水摄；朝霞文．-北京：作家出版社，2010.3

ISBN 978-7-5063-5263-5

Ⅰ.①一… Ⅱ.①一…②朝… Ⅲ.①摄影集-中国-当代②诗歌-作品集-中国-当代 Ⅳ.①J421②I227

中国版本图书馆CIP数据核字（2010）第028285号

一味·方塘

作　　者：一　水　朝　霞
英文翻译：邱靖嘉
责任编辑：王宝生
美术编辑：孙惟静
整体设计：靳埭强
封面题字：一　水
篆　　刻：刘克唐
出版发行：作家出版社
社址：北京农展馆南里10号　　**邮码**：100125
电话传真：86-10-65930756（出版发行部）
86-10-65004079（总编室）
86-10-65015116（邮购部）
E-mail: zuojia@ zuojia. net. cn
http://www.zuojia. net. cn
印刷：北京雅昌彩色印刷有限公司
成品尺寸：190×205
字数：1千
印张：6
版次：2010年3月第1版
印次：2010年3月第1次印刷
ISBN　978-7-5063-5263-5
定价：29.00元